JN044702

詩集

萎んでいく花

吉田　敦

Yoshida Atsushi

風詠社

詩集　萎んでいく花

目次

装幀　2DAY

詩集　萎んでいく花

「わすれもの」

今年もわすれものばかりだった

あなたと別れた後に響く
一つの言葉
繰り返し読んでいたのに

他の人よりもわたしが
遺失物係にお世話になっている

来年はどうか
大切なことを忘れず
導かれることを

「一本の線」

この線を踏み外さないようにすればいいんだ
いつも泣きじゃくっていたのは
幅広いアスファルトを転げまわっていた自分

大きすぎる言葉の意味を
ほんのちょっとわかったとき
この線が見えたんだ

誰にも挨拶はなしで

明日踏み外すとしても
もう一歩進んじゃったから

「わたしが造った」

わたしが造った
自分ではないわたしを
それは他人にあるものだ
会場にいる全員で
笑う
手をたたく
「はい」しか
選択肢を知らない

わたしが造った
こうでもしなきゃ
生きられなかった

指輪をはめて
誓ったコトバ
あの声は
わたしの声じゃなかった

即席ラーメンだけの生活

本当は目の前で
獲物を殺して
生食したい

わたしが造った
本当の嘘つきなわたしを

わたしが造った
年下にかかるウイルスを

わたしが造った
目にあるものを

「萎んでいく花」

血管の中に
汚いものが流れ続けている
わたしはどこかで
大きな間違いを犯したのかもしれない

その元凶を
探る暇があるならと
この先へ今日も突っ走ろうとする

人から褒められることも
少なくなったけれど
自分の気持ちを固めるのに
何百回躊躇っただろう

やっぱり
あの時に戻りたい

たぶんわたしは
生き方が下手くそなんだろうな
本気で働く
本気で遊ぶ
本気で眠る

そんなことできない
疲れた輪ゴムのように
弱々しくあなたの足元に落ちる

休ませてくれない世界なら
逃げ出すように眠る
次動くのは来週の月曜日
それまでに種ができるかな

やっぱり
進むしかできないなんて

「細胞」

周りの人のコトバに
行動に
細胞が震える
すべての細胞が
温められたり
殴られたり

長い命に過去を
重ねていく日々
間違いが消えていき
また新たな間違いができ
また重ねていく

「ゼロかイチか」

電話なんていらない
手紙も欲しくない

あなたがそばにいてくれればいい
あなたがそばにいなくてもいい

電話という機械が
あなたの声をくもらせるし
手紙は他人に触られてしまう

そばにいるという事実
今はいないという事実
いつか
わたしかあなたが
先にいなくなるという事実

「熱が冷めたら」

熱が冷めたら一秒前は真っ黒焦げ
天を突くトロフィーも色を無くした
明日が来る世界の中で
わたしは落とし穴にはまるかもしれない

熱が冷めたら一秒前を覚えていない
ばかに大きな笑い声を出していたという
脳も心臓も下を向いて
足は走れなくなってしまった

ほんのちっちゃなことに
細胞が興奮を抑えられない
いつも平和を独り占めしようとして

熱が冷めたら一秒後は文無し
一応揃ってはいる身体のパーツ
空きっ腹を抱えたままで
また頂点に懲りもせず向かっている

「破片」

コーヒーマグを割った
謝ったらあなたは
笑顔で許してくれたけれど
わたしは早く
あなたから離れた

どんなに車をとばしても
変わることはない
あなたの笑顔に
破片が刺さっているようだった
あの呪いのような割れた音は
両耳の奥からこだましている

いつまでこのままなんだ
楽にならないのか
脳が昔のことを
少しずつ落としていくように
この時が早く去れば

「人造」

この頭の中
たぶん嘘だらけ
本当があるとしても
どこかずれている

一度死んだことがある人
天国はどんな感じだった
でもその人の頭の中を
覗くことができない

天国はもっと素敵な場所
地獄はもっと酷い場所

わたしたちのゲンカイを
突破ろうとしても
この頭はこれ以上
本当のことに近づけない

人がつくったもので生きて

死んだら

本とかメディアは

全部焼き捨てるしかないかも

「空」

力もない
考える余裕もない
ただ部屋を暗くして
布団にくるまっている

そばのテレビから
知らない歌
ギターが印象的な歌
脳のすみっこに
小さな何かが生まれた

未完成でも
必死に叫ぶんだ
いつかは

「外」

人のそばにずっとあるのは
幸せ

壁っていうのは
一日も持たないもの
カラオケボックスでフリータイムやっても
ネットカフェで眠りこけても
コントローラーで本体が
破裂するまで操っても

光がない
星が見えない

幸せが
腐ってしまう前に

「生き方」

誰でもそうだという言葉で
終わらせるのは
やっぱりわたしの付き合いが
面倒くさいからなの

だんだん他人にかける言葉も
きちんとととのえられなくなってきた
この世に生を受けたのはいいけれど
今はどう
社会不適応

自分だけの論があるから
喧嘩になるけれど
迫りがあまりにもひどいから
神様になっていると思っている相手

でもこっちは投げ出すことができない

できるだけきれいな身体で

死に化粧を塗りたいから

今日も

死にたいと思うほどに

生きたい

「自傷」

バカ
そんなに怒らないでよ
あなたは何も痛くないでしょ

知ってるよ
あなたって優しいところが仇になって
お金をせびられていること

お互い様だね
でも安心できるよ
手錠をかけられることしていないから

振り向けば長い間だったね
お互い制服ばっかり着せられた
囚人みたいでさ

本当の気持ちをボロボロにさせたのは
自分だった
だってさ
死ねとかの言葉だったり
バケツの水をぶちまけたり
教科書を便器に沈めたりした奴らは
自分の歩きの邪魔をしただけ
そこで
自分の気持ちを諦めちゃった

でもわからないんだ
どうして手首をカッターで切るのが
こんなに気持ちいいわけ
途中で
わかんなくなってた

こう言っているのも
未完成のままで
強制終了なんだ

バカ

そんなに怒らないでよ

本当のこと吐き出したんだから

生きさせてよ

今はそれだけ

「自分は」

どこにでもいるっていう自分が嫌だから
一日を十分に満たした生き方をする

周りを見てみる
自分はひとりしかいない

「一度」

まだなんにも始まってやしないって
言われたのは
とっくに三十を過ぎた時
自分がまだ赤ん坊のように見えるようだ

１万の日を送って
終わりに近づいているものがある
永久歯がひとつ
抜けてしまうように

ひとつ終わりにしていいかな
いっそ死んでしまうように
人生の一部が切り取られ
そこがひとつの人生として成り立つように

疲れて倒れた日
自殺を図った日
のたうち回った日
犯罪者になりそうになった日

全部抱えているんだ

「指」

掌サイズに出てくる
無限の情報

Ａさんは首に
カッターを押し付けたことがあるという
Ｂ君は校舎の屋上で
昼休みに飛び降りるか相当迷ったという
Ｃさんはプールの授業で
わざと息を止めて仕舞おうとしていたという
指が止まらないよ
わたしの中の気持ちはどうなっているの
わたしはどうしたいの
他人を食い物にしている
他人を笑いものにしている
世界はひとりだけのもの

止まらないよ

指が

声が

細胞が

「かたち」

ことば
えいぞう
こえ
いろ
せん

生きたいと
いちばんかんじるときのからだは
どううごくだろう

「空の頭」

栄養があるのは
身体だけだ
脂肪がついているくらいだから

平坦な頭を枕に乗せて
眠るしかできないのだろうか

読みかけの文庫本に手をのばせず
リモコンで番組を見ようとも思えず
性器はさっき
精液を放出したばかりだった

空の頭
どうにかして

「頭痛」

部屋はいつも
おかえりと言ってくれる

仕事だけじゃない
買い物ひとつするだけでも
勇気がいるっていうのに

街が闇に覆われる時
頭痛を抱えて鍵を開ける

このまま動脈が破裂してもいい
それだけ一定時間を生きたんだから
闇の時間では好きなの食べて
安酒で酔っぱらっちゃおう

わたしはひとりだけ

この身体を持つ

一人というちっぽけな世界だけれど

あまりにも広すぎる世界に寝そべる

「やっぱりさ」

やっぱりさ
怖いものなんて
ひとつはすぐに思い当たるよ

あなたがいるからって
無理なものは無理だよ

やっぱりさ
逃げたい時は
逃げたっていいだろう

あなたがいるからって
疲れていれば動けない

やっぱりさ
しばらく休ませてよ
中断ってできないの
社会はどうなっているの

やっぱりさ

上の人が

威張るだけなんじゃないの

「不適格者」

殴らないで
そんな声で
突き刺さないで

わたしが悪いのもあるよ
でもあなたが
この世に覆いかぶさっているように
振る舞っているのはどうしてなの

あなたと同じくらいの
経験が要るなら
どうして待っていてくれないの

わたしが不適格者なら

ちょうだい

十分な休みと

生活保護と

数年後の新しい職の保証を

そしてあなたを

十回殴る資格を

「戻れるかな」

本当に崖っぷちな時は
端っこの脳細胞たったひとつしか
働いていない時

そんな時は
少なくなかった

屋上から
道路を見下ろした時
ほとんどの細胞が気絶した
ひとつ残ったやつが
わたしの足を止めていた

もし戻れなくなったら
社会復帰にどれだけ金と時間がかかる
戻れないかもしれないということ
ありふれているの
こんなこと

「失敗」

いつかは
大いに喜びたい
でもそれがいつになるかな

今
一枚のハガキを引きずっている

これがいつか
笑い話になるの

いつ笑えるかな
まあいいかと思わずに

いつ来るかな
このハガキが
勲章になる時

「怒るあなた」

一国民として
〇〇〇と見ている
大臣の目には
どう映っている

一人の人間として
△△△と考える
国のトップの脳の中
どのようになっている

すぐそばにいるあなたは
いつも微笑んでいるけれど
そう言えば怒っているところを
見たことがない

怒っているところを見るのは怖い
でも知らないのはもっと怖い

わたしは完璧なところがないから
いつかあなたは
叱りつけるだろう

あなたも一人なんだから

「着地」

走りまくった日々だけど
靴がそんなに汚れていない
誰かの声も
それほど聴いていない

たぶんわたしは
人間なくせに
空中で迷っているんだ
進んでいるとしても
他人より遅くて

今はもう
インスタント食品で動いている
ここらへんでもう
眠りたいのに

ほら

ちゃんと足がしっかりしているよ

布団があるところに

たどり着きたいの

あとがき

　小さい頃から、自分のした悪さに対する、他人の叱りを忘れられない性格でした。

　相手から思い出話をされると、すぐには思い出せないこともありますが、しばらく経つと、頭の中で記憶が鮮明によみがえってきます。

　三十四年という、長いような短いような時間を生きてきた中で、今のわたしの頭の中は、ずっしりと重たい過去が収められています。

　そのような自分が書いた詩を集め、今回、初めて一冊の本にしました。作品は、どれも最近のものですが、昔のこともこびりついているこの脳の中で生んだ作品なので、今までの自分のすべてが関係していると思います。

　いつか、頭の中に過去が収まり切れなくなり、体調を崩す時が来るのではないかと思うようになり、そうなる前に人生の一区切りというかたちで本を出したいと思いました。

　わたしの願いを聴き入れてくださった風詠社の皆

さんに、心から感謝申し上げます。

　私の未来は不安でいっぱいですが、生きていく中での脳内の言葉を、詩というかたちに残しながら生きていきたいと思います。

　　　　　　　　　　　　二〇二三年九月十一日
　　　　　　　　　　　　　　　吉田　敦

吉田　敦（よしだ あつし）

一九八八年、青森県百石町（現・おいらせ町）に生まれる。
小学生の時から詩を書き始め、高校、大学では文芸部で活動。
現在、おいらせ町内の老人ホームに勤めながら、創作、投稿
を続けている。

詩集　萎んでいく花

2023 年 11 月 20 日　第 1 刷発行

著　者　吉田　敦
発行人　大杉　剛
発行所　株式会社 風詠社
　　　　〒 553-0001　大阪市福島区海老江 5-2-2
　　　　大拓ビル 5 - 7 階
　　　　℡ 06（6136）8657　https://fueisha.com/
発売元　株式会社 星雲社
　　　　（共同出版社・流通責任出版社）
　　　　〒 112-0005　東京都文京区水道 1-3-30
　　　　℡ 03（3868）3275
印刷・製本　小野高速印刷株式会社
©Atsushi Yoshida 2023, Printed in Japan.
ISBN978-4-434-33030-8 C0095